VENTE POUR CAUSE DE DÉPART

HOTEL DROUOT, SALLE N° 11

Le Jeudi 25 Octobre 1894

A DEUX HEURES

BEAU MOBILIER

de la Maison LÉGER-ALBRECHT

BRONZES, MARBRES, OBJETS D'ART

Tentures, Vitraux

TABLEAUX

ANCIENS & MODERNES

Pastels — Aquarelles — Dessins

Miniatures, Gravures, Livres

Mᵉ G. DUCHESNE	M. A. BLOCHE
Commissaire-priseur	Expert
6, Rue de Hanovre 6.	*25, rue de Châteaudun, 25*

EXPOSITION PUBLIQUE

LE MERCREDI 24 OCTOBRE 1894

De 2 heures à 6 heures

IMPRIMERIE ARTISTIQUE

E. MÉNARD & Cie

Bureaux et Ateliers : Paris — 8, Rue Milton

CATALOGUE

D'UN

BEAU MOBILIER

DE

de la Maison LÉGERA-LBRECHT

BRONZES, MARBRES, OBJETS D'ART

Tentures, Vitraux, Porcelaines, Faïences

TABLEAUX

ANCIENS & MODERNES

Pastels — Aquarelles — Dessins

Miniatures, Gravures, Livres

DONT LA

VENTE POUR CAUSE DE DÉPART

AURA LIEU

HOTEL DROUOT, SALLE N° 11

Le Jeudi 25 Octobre 1894

A DEUX HEURES

Me G. DUCHESNE	**M. A. BLOCHE**
Commissaire-priseur	Expert
6, Rue de Hanovre 6,	*25, rue de Châteaudun, 25*

EXPOSITION PUBLIQUE

LE MERCREDI 24 OCTOBRE 1894

De 2 heures à 6 heures

CONDITIONS DE LA VENTE

La vente sera faite *expressément* au comptant.

Les acquéreurs payeront en sus des adjudications *cinq pour cent.*

L'exposition mettant le public à même de se rendre compte de l'état des objets, il ne sera admis aucune réclamation une fois l'adjudication prononcée.

Paris. — Imp. artistique E. Ménard & Cie, 8, rue Milton.

Objets d'Art et d'Ameublement

1 — Bel ameublement de salle à manger en bois de poirier noir, de la maison Léger Albrecht, composé :

1° D'un grand buffet à coins arrondis formant étagères, le milieu ouvrant à deux portes en glaces et le fond garni de glaces, le bas ouvrant à quatre portes pleines, flanqué de colonnes, couronné par un fronton orné au centre d'une figurine en bronze : *La Vénus pudique*;

2° Deux dressoirs à étagères;

3° Une table ronde avec ses allonges;

4° Douze chaises couvertes en drap bleu soldat avec applications de velours noir serties de jaune;

5° Une servante à découper avec dessus en marbre blanc.

2 – Deux décors de croisées, deux autres de portes composés en tout de huit rideaux et six lambrequins en drap bleu soldat avec applications de velours noir serties de jaune.

3 — Table à thé en bois noir.

4 Table surbaissée formant socle en laque du Japon burgauté.

5 — Belle suspension en bronze poli, style Renaissance, ornée de cariatides de personnages ailées, lampe au centre et vingt-quatre branches à bougies autour. De la maison GAGNEAU.

6 — Six belles appliques à cinq lumières même modèle, de GAGNEAU.

7 — Jardinière ovale et deux aiguières en bronze poli offrant, en bas-relief, des bacchanales d'enfants, d'après CLODION.

8 — Jardinière ovale et lobée, décor à jour en bronze poli.

9 — Paire de lampes en porcelaine de Chine craquelée, décor à paysages et oiseaux, montées en bronze fumé et frotté.

10 — Paire de lampes en faïence de Delft, décor bleu sur blanc, montures en bronze fumé et frotté.

11 — Deux appliques à gaz à une lumière en cuivre poli, style Renaissance.

12-14 — Neuf plats de diverses grandeurs en porcelaine du Japon, décor polychrome et or.

15 — Beau lustre à vingt-quatre lumières en bronze fumé et frotté, dans le goût chinois, travail de VOISENET.

16 — Paire de beaux candélabres à huit lumières en bronze fumé et frotté, dans le goût chinois, travail de VOISENET.

17 — Paire de beaux candélabres formés de chimères en bronze chinois portant des bouquets à treize lumières, sur terrassements à têtes d'éléphants, en bronze fumé et frotté. Montures de VOISENET.

18 — Paire de grandes appliques à six lumières en bronze fumé et frotté, travail partie chinois et partie français, celui-ci exécuté par la maison VOISENET.

19 — Suspension forme jardinière en bronze ciselé, fumé et frotté, ornée d'oiseaux et de dragons en rondebosse. Travail de Voisenet dans le goût chinois.

20-21 — Quatre beaux lampadaires d'appliques en bronze ciselé et argenté, de style Renaissance, système à gaz de la maison Gagneau.

22 — Deux décors de croisées en satin de laine rouge et peluche mordorée avec draperies, garnies de franges.

23 — Gaine recouverte en peluche verte.

24 — Pupitre en bois noir sur pied,

25 — Meuble à deux corps en bois noir formant bibliothèque ouvrant à trois portes en glaces dans le haut et à trois portes pleines dans le bas.

26 — Deux paires de rideaux et deux bandeaux en application dans le goût de la Renaissance et satin de laine rouge.

27 — Deux grands rideaux garnis de guipures.

28 — Deux portières en peluche rouge.

29 — Joli lustre de salon à dix-huit lumières, forme Louis XVI, en cuivre garni de cristaux.

30 Cheminée en marbre blanc sculpté, style Louis XIV, intérieur en faïence décorée.

31-32 — Onze vitraux peints à sujets, ornements et écussons.

33 — Deux vantaux de croisée en vitraux de couleur avec médaillons au centre.

34 — Trois vases en majolique moderne, genre Palissy.

35 — Vitrine forme livre ouvert sur pied en bois sculpté.

36 — Bel ameublement de chambre à coucher en bois de poirier sculpté et noirci dans le goût de la Renaissance de la maison Léger-Albrecht composé d'un lit de milieu à colonnes, une table de nuit et une commode.

37 — Groupe en bronze patine noirci et frotté, *Apollon et l'Amour*.

37 *bis* — Gaîne recouverte de peluche verte.

38 — Deux griffons en terre cuite bronzée.

39 — Balance à bascule.

40 — Groupe en terre cuite patine bronzée : *Jeune faune* et *Bacchante*, de Robinet.

41 — Décor de lit, rideaux et ciel de lit, décor de croisée et deux portières en dauphine prune brodée de fleurs et d'arabesques, garnis de franges de soie avec embrasses assorties.

42 — Colonne recouverte en peluche vert mousse.

43 — Glace biseautée avec cadre en bois noir et glace ornée de cuivres, style Louis XIII.

44 — Lustre à seize lumières en bronze garni de cristaux.

45 — Lampe en porcelaine vert céladon, monture cuivre.

46 — Ecran en satin brodé représentant une embarcation japonaise, monture bambou doré.

47 — Deux porte-bouquets en cuivre gravé de l'Inde.

48 — Statuette de *Joueur de flûte* en composition.

49 — Deux galeries bois doré.

50 — Devant de feu en bronze.

51 — Deux chenêts en cuivre poli, style Louis XIII,

52 — Pare-étincelles.

53 — Quatre flambeaux en métal argenté, style Louis XVI.

54 — Statuette en marbre, *Baigneuse*, d'après FALCONET.

55 — Buste en marbre : *Jeune fille*.

56 — Statuette en marbre : *Baigneuse*, d'après BUOT.

57 — Petit groupe en marbre : *Amour et pigeon*, de CARONI.

58 — Buste en marbre : *Madame Récamier*.

59 — Lustre en verre de Venise.

60 — Tapis de table brodé.

61 — Dessus de piano en étoffe ancienne.

62 — Portière en étoffe de fantaisie.

63 — Manteau en velours.

64 — Toilette.

65 — Chaise longue.

66 — Fauteuil.

67 — Chaise.

68 — Porte manteau.

69 — Ameublement de salle à manger en noyer sculpté, composé d'un buffet vitré à deux corps, une desserte, une table à allonges et quatorze chaises couvertes en velours frappé vert.

70 — Suspension en bronze à une lampe et six bougies de GAGNEAU.

71 — Deux paires de rideaux en étofle de fantaisie, fond havane à chimères en noir.

72 — Décorations de baie formée de deux portières en reps marron à bandes noires.

73 — Trois paires de rideaux de vitrage.

74 — Trois paires de grands rideaux de vitrage avec embrasses.

75 — Meuble à hauteur d'appui en marqueterie de Boule, garni de bronzes, dessus en marbre noir.

76 — Porte-parapluie et chapeaux en noyer sculpté, à fond de glace.

77 — Deux lampes Carcel en bronze, sur pieds.

78 — Paire de flambeaux en bronze.

79 — Paire de lampes en bronze du Japon, patine foncée.

80 — Carpette fond rouge, à dessins polychromes.

81 — Deux chaises en poirier, couvertes en maroquin rouge.

82 — Carpette fond bleu, havane et crème.

83 — Batterie de cuisine en cuivre rouge, fer blanc, etc. — (Sera divisé).

84 — Objets non catalogués.

TABLEAUX

ANCIENS ET MODERNES

85 — BLIN (F.). — Paysage, *Bords de rivière.*

Signé à droite et daté 57.

86 — BOUCHER (Ecole de). — Grand panneau décoratif.

BOUDIN

87 — *La Ferme.*

Signé à droite.

88 — *Le Moulin à vent.*

Signé à gauche.

89 — BROWN (J.-L.). — *Le départ pour le marché.*

Signé à droite.

90 — CLAUK (Albert). — *Duchess*, cheval de de course.

Signé à droite et daté 1879.

91 — COCK (César de) (?). — *La Bûcheronne.*

Signé à gauche et daté 1871.

CODINA-LANGLIN

92 — *La Chaise à porteurs.*

Signé à droite et daté.

93 — *Jeune femme.*

Signé à gauche et daté Londres 1879.

94 — *La jetée de Brighton.*

Signé à droite et daté 1877.

95 — *Vue prise à Grenade.*

Signé à droite et daté 1876.

96 — *Le Baptême.*

Signé à gauche et daté 1874.

97 — *Bords de rivière.*

Signé à gauche.

98 — *Le Parc,* vue prise à Noisy-le-Grand.

Signé à gauche.

99 — *Son portrait.*

100 — COROT (Attribué à). — *Le pêcheur à la ligne.*

COURANT (Maurice).

101 — *Rochers au bord de la mer.*

Signé à gauche et daté 1880.

102 — *Marine.*

Signé à gauche et daté 1880.

103 — *La Pêche.*

Signé à gauche et daté 1890.

104 — COURBET (attribué à). — *Promenade sous bois.*

105 — DAINVILLE (Maurice). — *Bords de rivière.*

106 — DECAMPS (Attribué à). — *Les Lutteurs.*

107 — DIAZ (Attribué à). — *Scène champêtre.*

108 — DUPRÉ (Jules), (Attribué à). — *Fleurs daus un vase.*

109 — FORTUNY (?). — *Arabe.*

110 — GÉRICAULT (Attribué à). — *Le Cheval blanc.*

GUDIN

111 — *Les Mouettes.*

Signé à gauche et daté 74.

112 — *Le Mascaret à Caudebec* (septembre 1865).

Signé à droite.

113 — *La Tempête.*

Signé à droite et daté 1868.

114 — *Marine.*

Slgné à gauche.

115 — *Marée basse.*

Signé à droite et daté à gauche 14 juin 1851.

116 — *Marîne; effet de soleil.*

Signé à droite et daté à gauche 19 juin 1864.

117 — GUDIN (Attribué à). — *Souvenir de la Bataille du 24 juin 1830.*

118 — JACQUE (Charles) (Attribué à). — *Coqs et Poules.*

119 — LHULLIER (Ch.) — *Sergent de l'infanterie de ligne.*

Signé à gauche et daté 1879,

120 — *Joueurs de cartes.*

Signé à gauche.

MOREAU (Nicolas)

121 — *Chiens.*

Signé sur le collier du chien de droite

122 — *Sous bois.*

Signé à droite.

123 — *Cerf blessé.*

Signé à droite et daté 1858.

124 — *Chiens courants.*

Signé à gauche.

125 — *Chien couché.*

Signé à droite.

126 — ROUSSEAU (Th.) (Attribué à). — *Paysage; effet de lune.*

127 — SWEBACH (Attribué à). — *Le départ.*

128 — TOURNEUX (Eug.). — *Paysage.*

Signé à gauche.

129 — TROYON (Attribué à). — *Le Bûcheron.*

130 — VALLOIS (P.). — *Bords de la Mer.*

Signé à droite et daté à gauche 1876.

131 — *Le Campement dans le Désert.*

Signé à gauche.

132 — VERNET (HORACE). (Esquisse attribué à)

133 — VEYRASSAT (Attribué à). — *Le Repos du Berger.*

Signé à droite.

134 — ZIEM (Attribué à). — *Venise.*

135 — ÉCOLE FRANÇAISE. — *Danaé.*

136 — ÉCOLE HOLLANDAISE. — *La halte.*

137 — ÉCOLE ITALIENNE. — *Les divertissements champêtres.*

AQUARELLES

DESSINS — PASTELS

et Gravures

138 — DE BEAUMONT — *La Fumeuse de cigarettes.*

Dessin aux crayons de couleur.

Signé à droite.

139 — BOUQUET (M.). — Paysage : *Bords de rivière.*

Lavis.

Signé à droite.

BOUTON

140 — *Intérieur de temple.*

Aquarelle.

Signé à gauche.

141 — *Ruines.*

Aquarelle.

Signé à gauche.

142 — CAMINO — *Porteurs d'eau chinois.*

Aquarelle.

Signé à droite et daté 1871.

CARRIER-BELLEUSE (Pierre)

143 — *A la fenêtre.*

Pastel.

144 — *Danseuses pendant l'entr'acte.*

Pastel.

145 — CASSINELLI. — Sous un même cadre : Trois aquarelles Marines.

146 CICERI. — Sous un même cadre, deux aquarelles : *Bords de rivière.*

CODINA-LANGLIN

147 — *L'Alchimiste.*

Aquarelle.

Signé à gauche et daté Barcelone 1882.

148 — *Le hallebardier.*

Aquarelle.

Signé à droite et daté 1875.

149 — *Sur le port.*

Aquarelle.

Signé à gauche.

150 — DAUMIER (attribué à). — *La baignoire.*

Dessin à l'encre de Chine.

151 — DECAMPS (attribué à). — *La chasse au canard sauvage.*

Sépia.

152 — FRAGONARD (attribué à). — *La lettre.*

Lavis.

FRANCÈS

153 — *Aubade à la madone.*

Aquarelle;

Signé à droite.

154 — *Scène de la rue (Espagne).*

Aquarelle.

Signé à droite et daté 1881.

155 — GAVARNI (attribué à). — *La marguerite.*

Gouache.

156 — GÉLIBERT (JULES). — *La chasse au cerf.*

Aquarelle.

Signé à gauche et daté 1876.

GUDIN

157 — *En pleine mer.*

Aquarelle.

Signé à gauche et daté 1840.

158 — *Marine ; effet de lune.*

Aquarelle.

Signé à droite.

159 — *Le trois-mâts.*

Aquarelle.

Signé à gauche et daté 1840.

160 — *Les régates au Havre.*

Dessin au crayon noir rehaussé de blanc.

Daté du Havre, 5 août 66.

161 — *Marine*

Dessin à l'encre de Chine.

Signé à gauche et daté le Havre, 10 août 1845.

162 — *Le Déchargement du bateau.*

Sépia.

Signé à gauche et daté.

163 — *Marine.*

Sépia.

Signé à droite et daté 1868.

164 — *Sur la plage.*

Sépia.

Signé à droite.

165 — *Le voilier.*

Sépia.

Signé à gauche et daté 62.

166 — *Le moulin à vent.*

Sépia.

Signé à droite et daté.

167 — *Marine.*

Sépia.

Signé à droite et daté 66.

168 — *Le batelier.*

Sépia.

Signé à droite et daté 1864.

169 – Sous un même cadre: trois sépias marines.

170 — HOFFBAUER. — *Le Palais de Justice et le Pont-Rouge en 1624.*

Aquarelle.

Signé à gauche et daté 1880.

171 — LHULLIER (Ch.). — *Le Turco.*

Crayon rehaussé.

Signé à droite et daté 1859.

172 — DE MARTINO. — *Le Chamelier.*

Aquarelle.

Signé à gauche.

MILLET (J.-F.) (attribué à)

173 — *Bergère et son troupeau.*

Pastel.

174 — *Le départ pour les champs.*

Dessin au crayon noir.

175 — PAGLIANO. — *Homme d'armes.*

Aquarelle.

Signé à gauche.

176 — PALIANTI. - *Paysage.*

Aquarelle.

Signé à gauche.

177 — PASCAL. — *La Vierge et l'Enfant adorés par plusieurs saints.*

Gravure au burin avant la lettre, d'après Le Titien

178 — PEREA (A.). — *Le Philosophe.*

Aquarelle.

Signé à gauche et daté 1876.

179 — SOULÈS (Eugène). — *Le Pont.*

Aquarelle.

Signé à droite.

180 — VILLEGAS. — *Le Joueur de mandoline.*

Aquarelle.

Signé à gauche et daté Roma, 74.

WISSANT

181 — *Paysage.*

Aquarelle.

Signé à gauche.

182 — *Cour de ferme.*

Dessin au crayon noir rehaussé de blanc.

Signé à gauche.

183 — Sous le même cadre : deux aquarelles marines.

184 — Sous un même cadre: deux sépias.

LIVRES

185 — *La Revue des Deux Mondes*, plusieurs années en volumes reliés.

186 — *The illustrated London News*, en volumes reliés.

187 — *The Punch*, en volumes reliés.

188 — *L'Illustration*, en volumes reliés.

189 — Ouvrages divers reliés, romans modernes.

190 — *Le Tour du Monde*, de 1864 à 1887, bien relié avec illustrations.

191 — *Le Magasin pittoresque*.

192 — *La Revue historique*.

193 — *Recueil des Historiens des Gaules et de la France*.

194 — *Histoire de la Ville du Havre*.

195 — *Œuvres* d'Alexandre Dumas, collection Michel Lévy.

196 — *La Géographie universelle* de Reclus. 10 volumes.

197 — *Annuaire* de législation étrangère. 8 volumes.

198 — *L'armée de la Loire*, par le général Chanzy. 1 volume.

199 — *Dictionnaire du Contentieux commercial.* 1 volume.

200 — *Les Confessions de Jean-Jacques Rousseau.* 1 volume.

201 — *Voyage au pays des blagueurs*, par Georges Lachaud. 1 volume.

202 — *L'Allemagne amoureuse*, par Victor Tissot. 1 volume.

203 — *Papiers et correspondance de la famille impériale.*

204 — *Notices coloniales de l'Exposition universelle d'Anvers en 1885.* 3 volumes.

www.ingramcontent.com/pod-product-compliance
Ingram Content Group UK Ltd.
Pitfield, Milton Keynes, MK11 3LW, UK
UKHW021031260726
13994UKWH00005B/2070

9 782329 378497